竹内浩三楽《らく》書《が》き詩集

まんがのよろづや

よしだみどり 編

絵・文　竹内浩三
構成・色　よしだみどり

藤原書店

～ もくじ ～

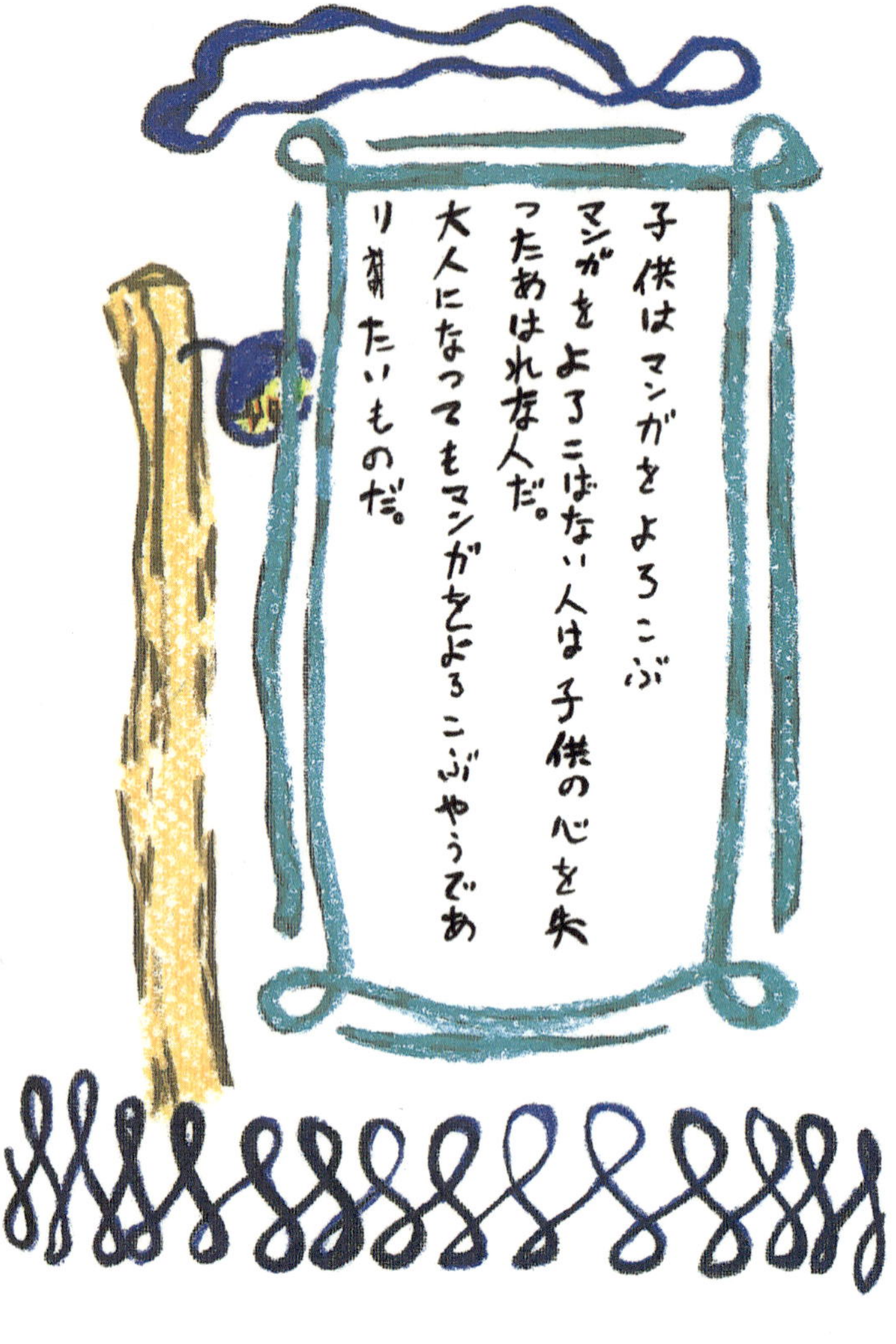

子供はマンガをよろこぶ。
マンガをよろこばない人は子供の心を失《うしな》ったあわれな人だ。
大人になってもマンガをよろこぶようでありたいものだ。

賣幸福仁《コーフクヲウル オトコ》

十センだすと四つばのくろうばあが
出るまでさがさしてくれる。

メンデルスゾーンのヴァイオリンコンチェルト

若草山《わかくさやま》や
そよ風の吹く
大和《やまと》の野　かすみ　かすみ
そよ風の吹く
おなごの髪《かみ》や
そよ風の吹く
おなごの髪や
枯草《かれくさ》のかかれるを
手をのばし　とってやる
おなごのスカアトや
つぎあとのはげしさ

おなごの目や
雲の映《うつ》れる
そよ風の映れる
二人は　いつまで　と
その言葉や
その言葉や
そよ風の吹く

お父さんの話
むかしむかし、雷《かみなり》が雲の上で
おどっていますと
足をふみはずして
ドシン
腹《はら》がへった
ところてん
を呉《く》れ
ヘーイ

ウマイ
ウマイ

ウマカッタ
カンジョウ
ヲシテクレ
ヒイフウミイ
ヨオ……
十八デ九十セン
デゴザイマス

フンそうか
所《ところ》は天《てん》（トコロテン）

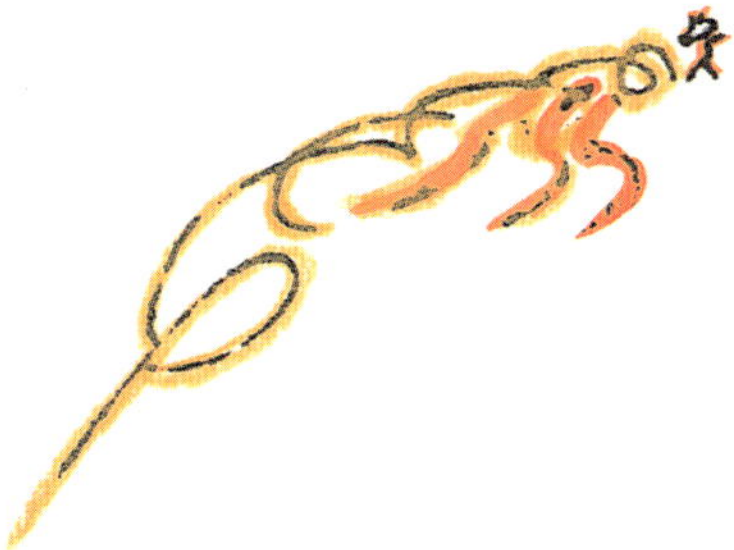

銭《ぜに》は
カリ
カリ
カリ
借《か》り
借り

と云《い》って天へにげたとさ
ダッテ

日記

九月×日　晴　日曜日.

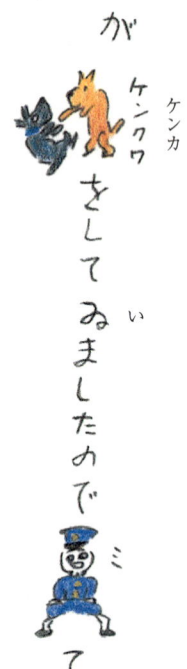

朝ぶらぶら《アルイ》てゐ《い》ますと《ヰ《い》ヌ》が《ケンクワ《ケンカ》》をしてゐ《い》ましたので《ミ》てゐ《い》ますと弱い方がまけて《ニゲ》て行きまし

た。昼《ひる》から川へツリに行きました、クヂラ《クジラ》で

もツらうと思ってゐ《い》ましたのに、

カンをツリ上げましたって《で》シャクニサハ《しゃくにさわ》って

帰りました、

九月×日 晴 火曜

夜、夏休の花火が残《のこ》ってゐ《い》たのでたきまし

たが、はじめの《ハナビ》は《マッチ》をつけても

《ツキ》ません もう一度《ツケ》ようと思い

つ近づいたらボカンと《ハレツ》したのでびっくりしました。二番目のは火は《ツキ》ましまが《た》《ハネアガ》って《ヨソノウチ》の《ショウジ》の中へ《トビコンダ》ので《アヤマリ》に行ったら《ハナビ》の《カス》を《カヘシテ》《かえして》くれました。

しかられて

しかられて
外へは出たが
我家《わがや》から
夕餉《ゆうげ》の烟《けむり》と
灯火《ともしび》の
黄色い光に
混《ま》ぜられた
たのしい飯《めし》の音がする

強情《ごうじょう》はってわるかった
おなかがすいた
風も吹く
三日月《みかづき》さんも
出て来たよ

あやまりに
行くのも
はずかしい
さらさら木《こ》の葉《は》の
音がした

連載漫画《れんさいまんが》

一セン銅貨《一センどうか》

オヤッ
こいつは

昼の一センドーカは
たしかこの辺《へん》だったが

エヘン

バットを呉《く》れ

ハイ

オ父ツァン
六センおくれ

一セン
角《かど》のタバコやの前で
拾《ひろ》イマシタ

正直《しょうじき》に持って来たね
そのホービにそれを
君《きみ》にやるよ

ネーチャン
一セン拾って
オマワリサンにもらったよ

いやな凡太郎《ぼんたろう》サンだこと
金持《かねもち》の子はオ金など
拾うものではありませんヨ

ナゼオ金を拾うといけないのだろう

ナゼ金持はオ金を拾っては
いけないのだろう
大人《おとな》は時々《ときどき》変《へん》なことを云《い》う

ワカラナイ

ボクこれ拾ったのだけれど
君《きみ》に上げるよ

アリがとうございます
ボッチャン
アリガトウございます

ますますワカラナイ
家へ持って行ったら
しかられたのに
コジキにやったら
あんなによろこんでいた

わからない

（つづく）

ヂョヤの鐘

土管《どかん》の中であの鐘《かね》を、
十三回もきいた。
オレも生まれつきの
ルンペンじゃないのだがナー。

三ツ星さん

私のすきな三ツ星《みつぼし》さん
私はいつも元気です
いつでも私を見て下さい
私は諸君《しょくん》に見られても
はずかしくない生活を
力一ぱいやりまする
私のすきなカシオペヤ
私は諸君が大すきだ
いつでも三人きっちりと
ならんですすむ星さんよ
生きることはたのしいね
ほんとに私は生きている

笑《しょう》門《もん》來《らい》福《ふく》

コレハ平凡《へいぼん》ナ言葉デスガ
真理《しんり》デス。
屈託《くったく》ナク笑ウコトガ
スデニ福《ふく》デス

笑《わら》う門《かど》には福《ふく》来《きた》る

吾輩《わがはい》は猫《ねこ》である

吾輩ハ猫デアル

原作《げんさく》・夏目漱石《なつめそうせき》
画《が》・竹内浩三《たけうちこうぞう》

ニャー
ニャー

モウ一度這入《はい》ってやろう

モウ一度だ
こんどで五へん目

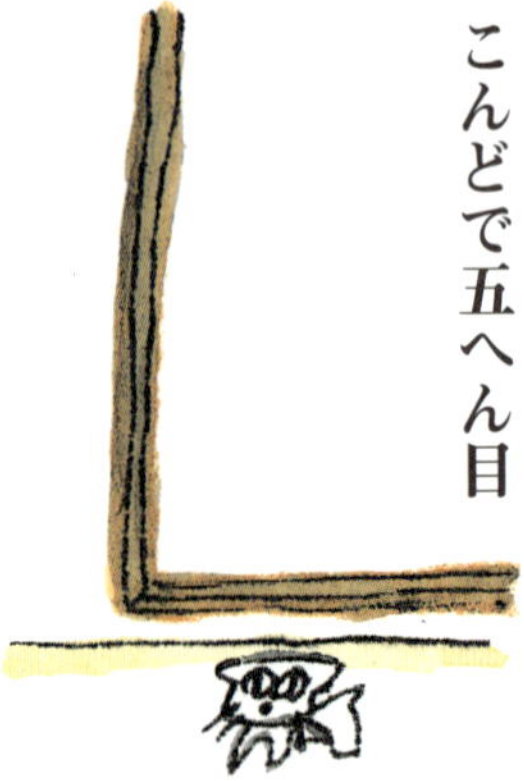

ヤヤッ又《また》はいって来た
これで五へん目だ

騒々《そうぞう》しい
何だ猫《ねこ》か？
かってやれ

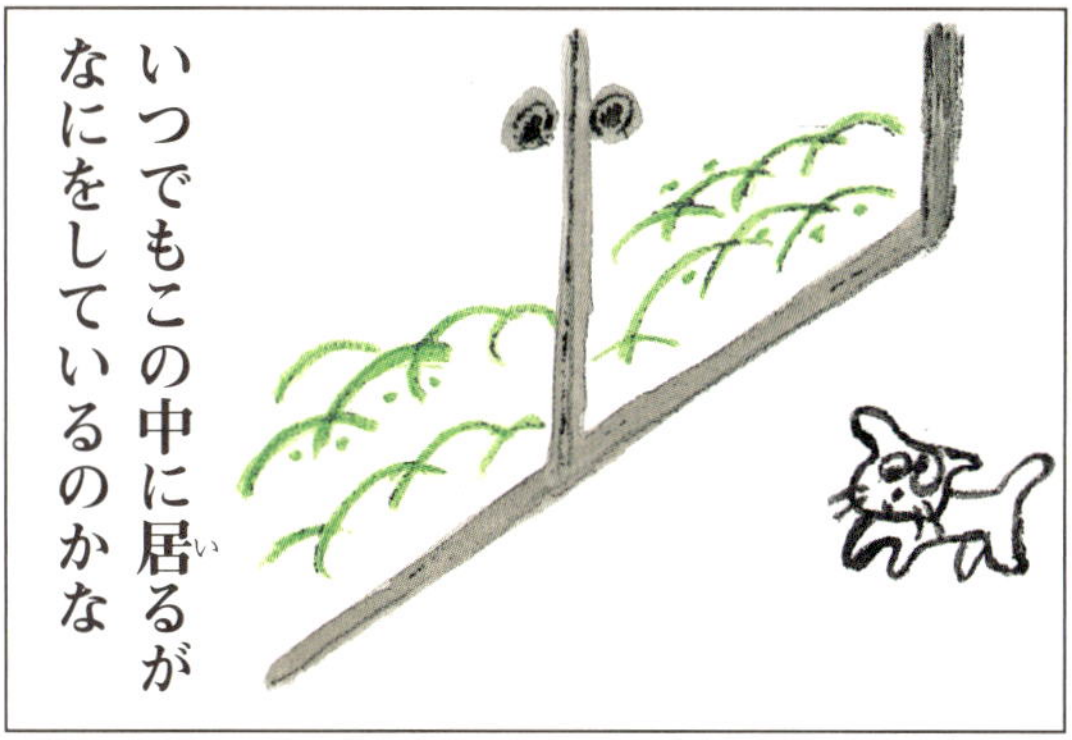
いつでもこの中に居《い》るが
なにをしているのかな

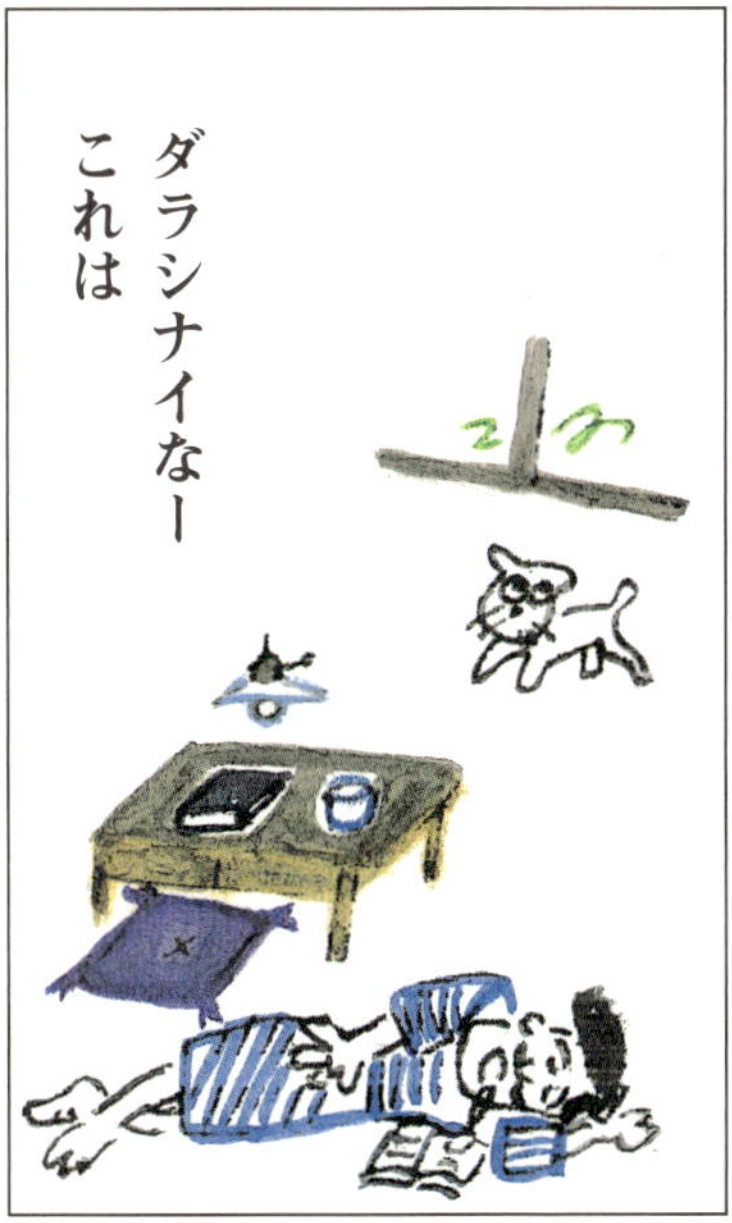
ダラシナイなー
これは

もぐり込《こ》んでやれ

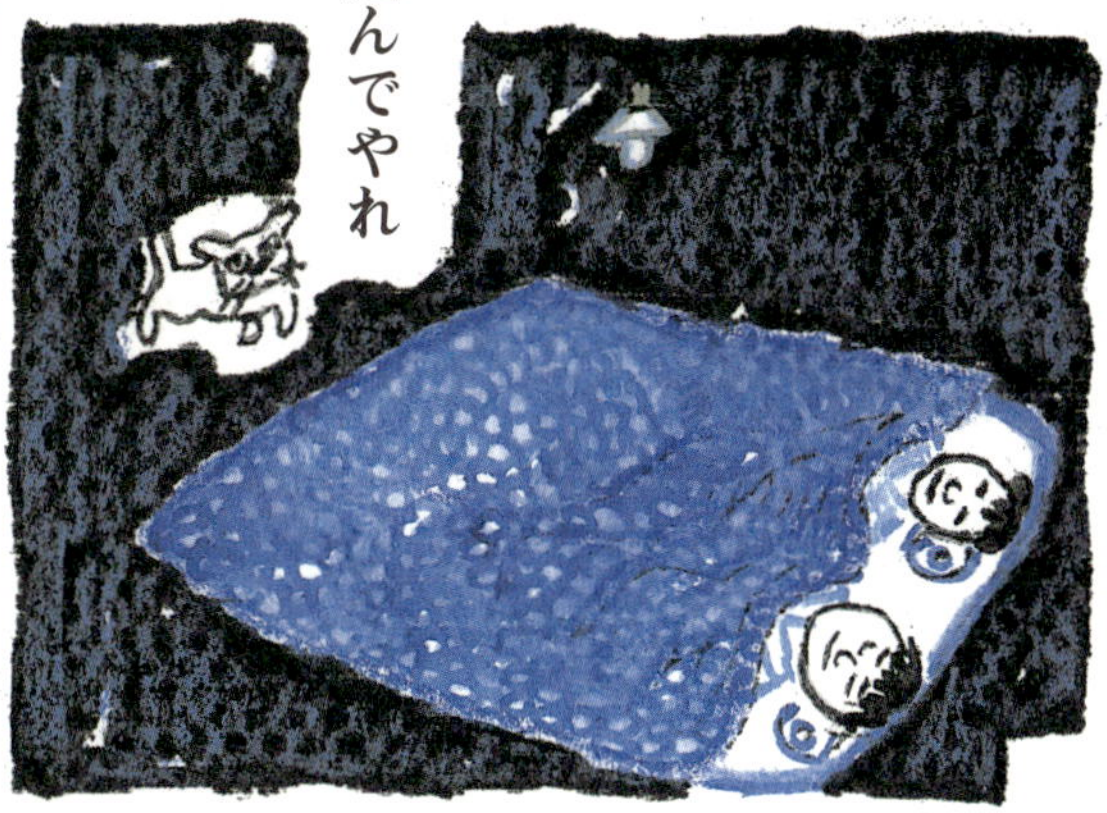

ワッねこが出た

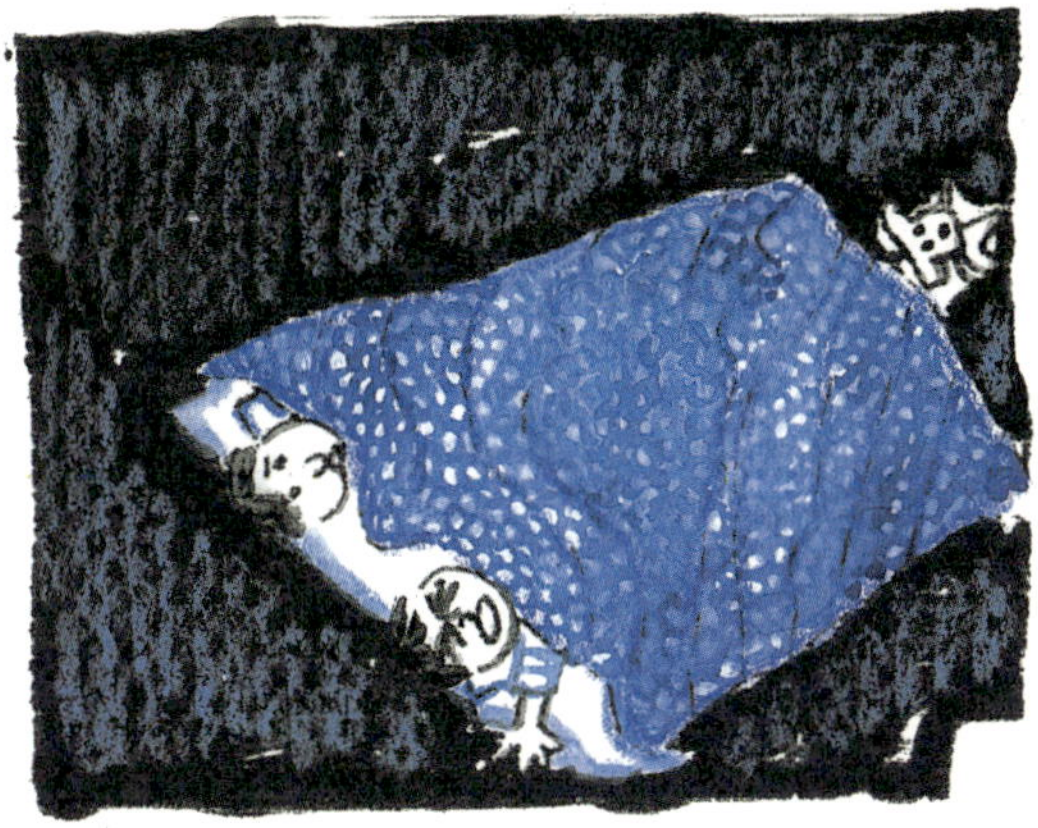

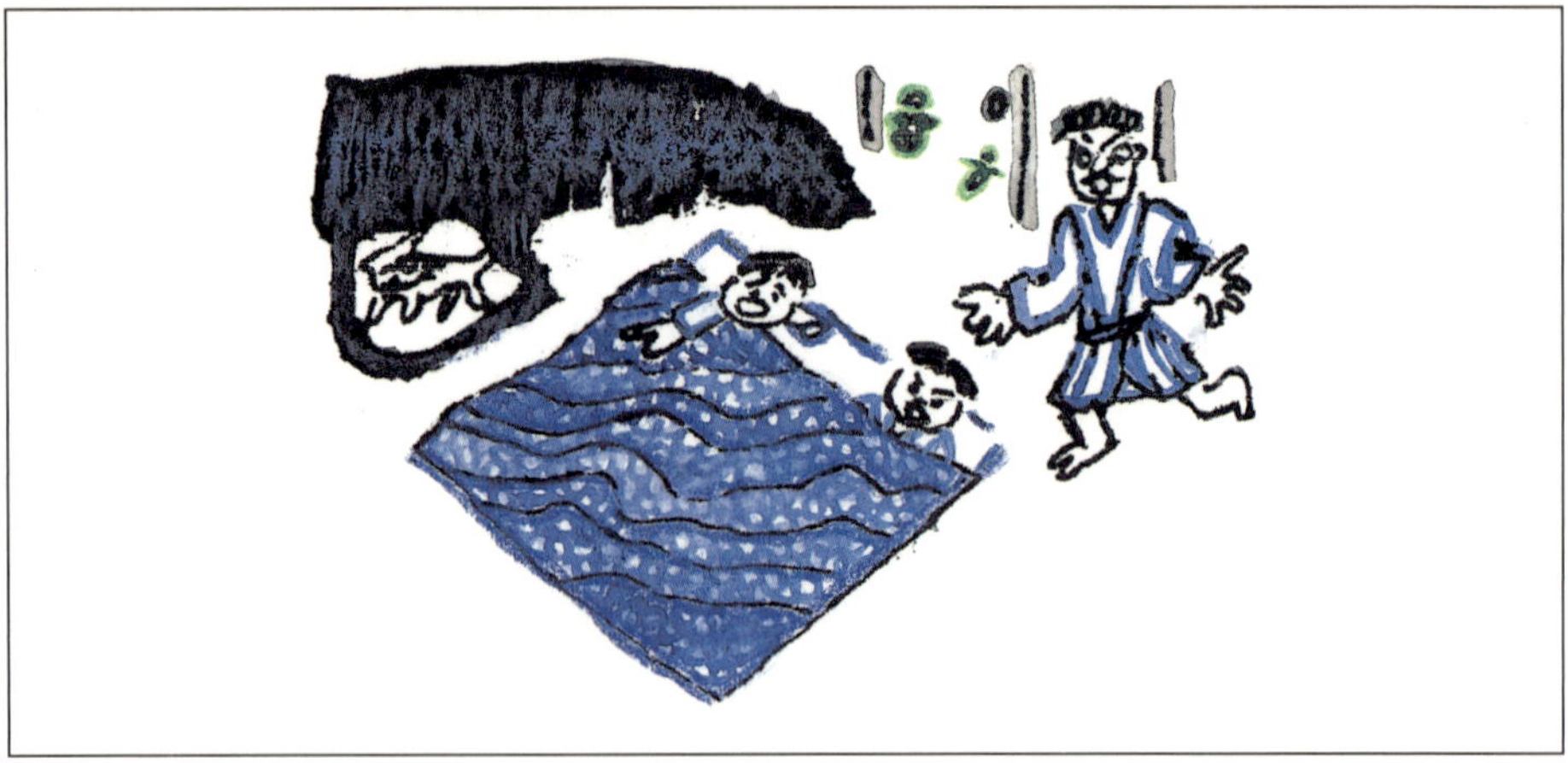

猫会議《ねこかいぎ》
それで猫会議を開いた
cat

白君《しろくん》の話

先日玉《たま》のような子を
産《う》みました

それを池へすてられました

今から画《え》を描《か》こう

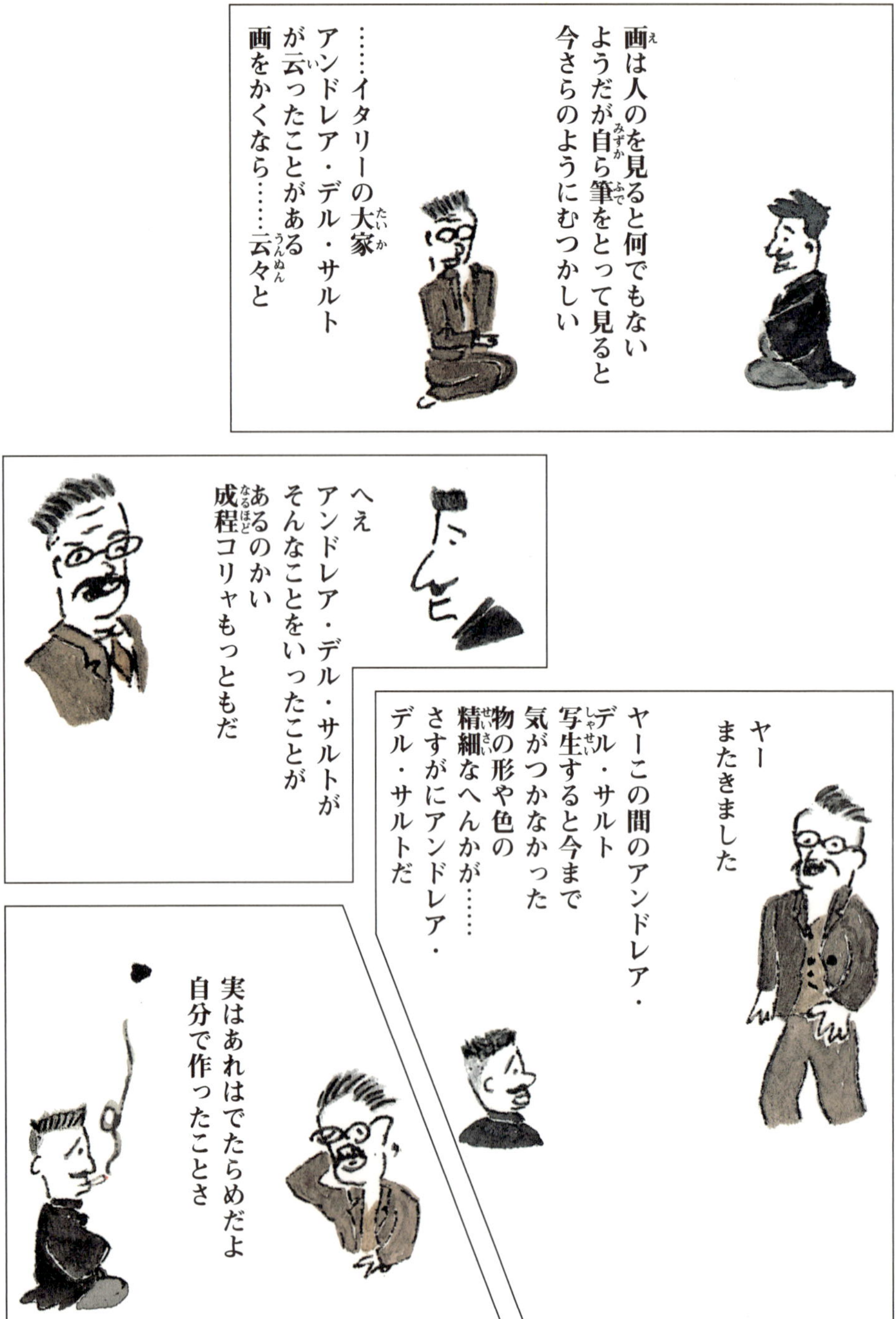

画《え》は人のを見ると何でもない
ようだが自《みずか》ら筆《ふで》をとって見ると
今さらのようにむつかしい
……イタリーの大家《たいか》
アンドレア・デル・サルト
が云《い》ったことがある
画をかくなら……云々《うんぬん》と
へえ
アンドレア・デル・サルトが
そんなことをいったことが
あるのかい
成程《なるほど》コリャもっともだ
ヤー
またきました
ヤーこの間のアンドレア・
デル・サルト
写生《しゃせい》すると今まで
気がつかなかった
物の形や色の
精細《せいさい》なへんかが……
さすがにアンドレア・
デル・サルトだ
実はあれはでたらめだよ
自分で作ったことさ

謹賀新年
一月一日
きんがしんねん

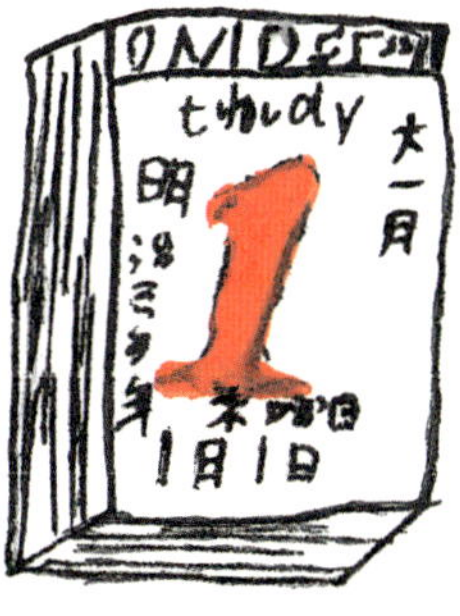

ナンノ画
だろう
これは
わからない
のかなー

恭賀
恐縮ながら
猫へもよろしく
一月一日
HAPPY NEW
やっと気がついた

フフンー

チリ
チリ
チリン
チリン

寒月《かんげつ》さんが
おいでになりました
（つづく）

夏目漱石

坊っちゃん

画　竹内浩三

いくらいばっても
そこから飛《と》び降《お》りることはできまい
弱虫《よわむし》やーい
オヤ飛んだ飛んだ
トンダ子供だ
キウ
二階《にかい》から飛び降りて
こしを抜《ぬ》かす
やつがあるか
この次《つぎ》抜かさずに
飛んで見せます
勘太郎《かんたろう》の奴《やつ》
栗《くり》をぬすんで
いった

こまった子だね
あやまってくるよ
アーイタ
……！
……!?
オ前の顔は
もう見たくもない
親類《しんるい》へでも行け

親類《しんるい》
オ母さんが
死《し》んだよ
母 死んだ
父 オコッテばかりいる
兄キ
清《きよ》 一番シンセツにしてくれる
お小遣《こづかい》がなくて
御困《おこま》りでしょう
¥3
しまった
後架《こうか》（便所）へ三円オトシた
とって上げましょう

クサイや
おやじも死んだ
これをしほんに商売《しょうばい》するなり学資《がくし》にして勉強《べんきょう》するなり随意《ずいい》にせえ
そのかわり後は構《かま》わぬ
兄
¥100
これにきめた
生徒募集
物理学校
とうとう物理学校《ぶつりがっこう》を卒業《そつぎょう》した
物理学校
四国《しこく》辺《あたり》のある中学校に数学の教師がいる月給《げっきゅう》四十円だが行ってはどうだね
行きましょう

12345

25967

せとうち丸

こっちへこい

中学校はどこだ
しらんがの

中学校を教《おし》えろ
お上りなさい
中学校は汽車《きしゃ》で二里《り》
……オヤ？

山城屋
モウ放課後《ほうかご》です
学校へ行って見よう
まーせいだして働《はたら》いてもらおう
（あいさつをする）

たぬき校長
教頭　赤シャツ
英語　古賀《こが》うらなり
画学《ががく》　吉田
漢学《かんがく》
数学　堀田《ほった》（山嵐《やまあらし》）

下宿《げしゅく》を周旋《しゅうせん》してやる
山嵐《やまあらし》
氷

ここだ
いか銀

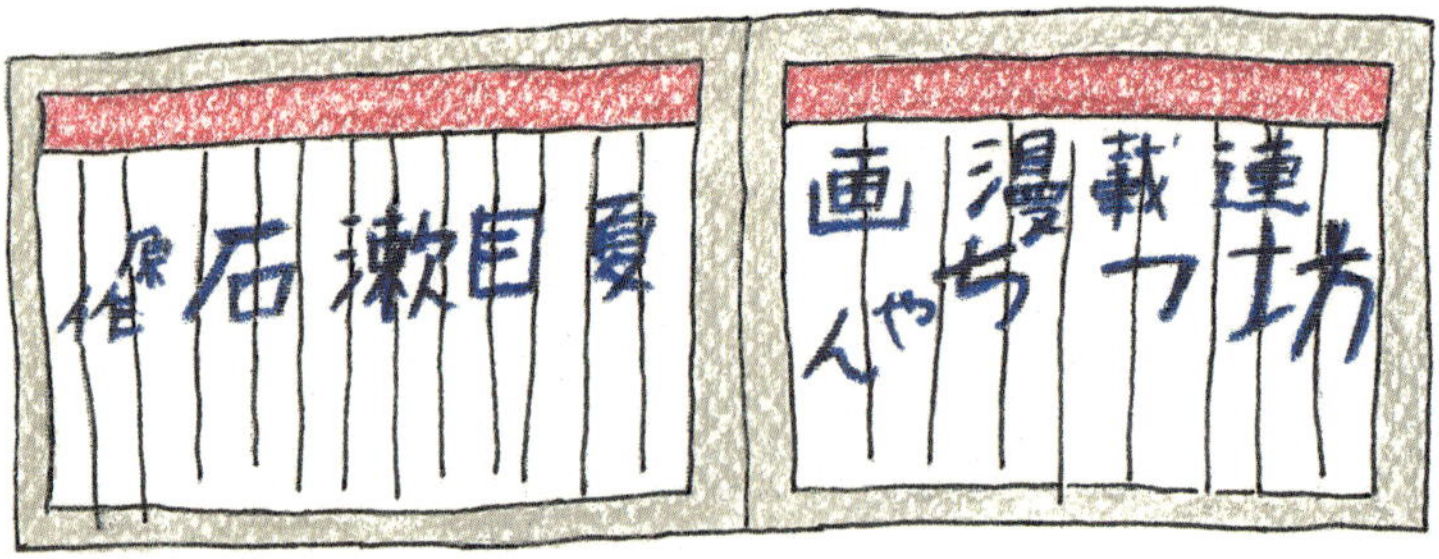
夏目漱石 作
連載漫画
坊つちやん

山嵐《やまあらし》
中学校

ただいま

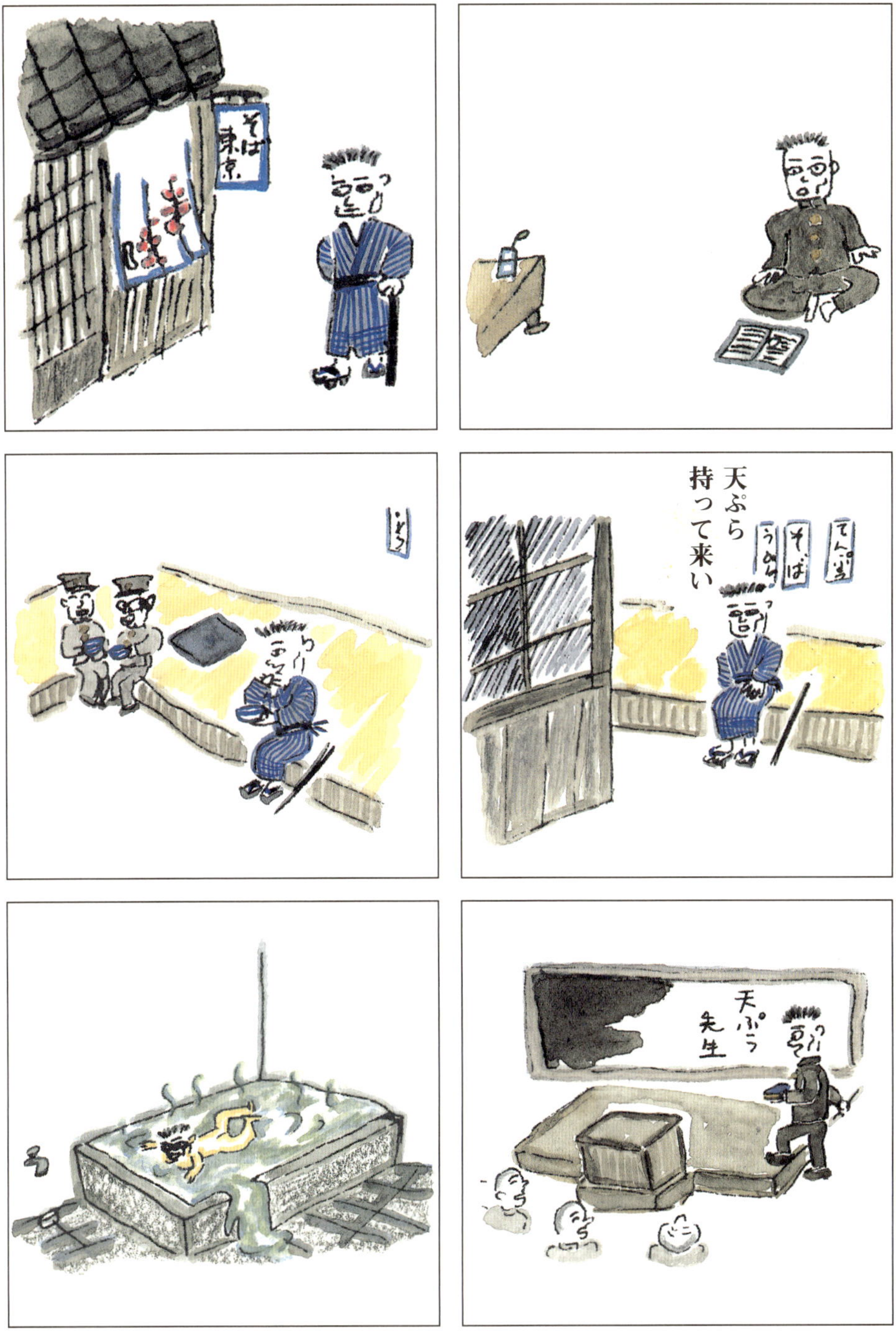
そば
東京
天ぷら持って来い
てんぷら
そば
天ぷら先生

湯の中で
泳ぐべからず
湯の中で泳ぐべからず
湯の中で泳ぐべからず
宿直部屋
小使《こづかい》一寸《ちょっと》出てくる
何か用ですか
用じゃない
温泉《おんせん》へ這入《はい》るんだ
（つづく）

我《わ》が学校

二年四組10　竹内浩三

白ペンキが外板《そといた》にはげちょろけになっていて、鳩《はと》のふんが屋根《やね》に点々《てんてん》とサインをしている建物《たてもの》がある。その中に人間がいて、喜《よろ》こんだり、泣《な》いたり、笑ったり、怒《おこ》ったり、わめいたり、悲観《ひかん》したり、手を挙《あ》げたり、考えたり、弁当《べんとう》を食べたり、けんかをしたり、説教《せっきょう》をされたりしている。

　これが我が山中《やまちゅう》（注　宇治山田中学校の略）である。その中の人間は、山中健《けん》児《じ》（注　元気な子供のこと）で、皆《みな》山中精神《せいしん》をもって動いている。

　冬となれば伊勢平野《いせへいや》を吹きまくった風が、謂《いわ》ゆる高向《たかぼく》の大根おろし（颪《おろし》）となって吹きつけて、山中の名物――あまり誇りとするほどでもない砂塵埃《すなホコリ》――が運動場《うんどうじょう》で乱舞《らんぶ》する。

　夏は、何もさえぎる物のない運動場をヂリヂリと太陽が焼《や》きつける。しかし、誰《だれ》もへこたれない。これが山中精神であろう。こんな処《ところ》で五年間を過《す》ごせば、大ていの者は人間になれるであろう。と書くと、山中は非常に厳《きび》しく又《また》ひどい所の様《よう》に聞こえるが、そんなこともない。普通《ふつう》の学校であるつもりでいる。

望《ぼう》郷《きょう》

東京がむしょうに恋《こい》しい。カスバのペペル・モコみたいに、東京を望郷しておる。

あの街《まち》　あの道　あの角で
おれや　おまえや　あいつらと
あんなことして　ああいうて
あんな風《ふう》して　あんなこと
あんなにあんなに　くらしたに
あの部屋《へや》　あの丘　あの雲を
おれや　おまえや　あいつらと
あんな絵をかき　あんな詩を

あんなに歌って　あんなにも
あんなにあんなに　くらしたに

あの駅　あのとき　あの電車
おれや　おまえや　あいつらと
あああ　あんなにあの街を
おれはこんなに　こいしがる
赤いりんごを　みていても

帰《き》 還《かん》

あなたは
かえってきた

あなたは
白くしずかな箱《はこ》にいる
白くしずかな　きよらかな

ひたぶる
ひたぶる
ちみどろ
ひたぶる
あなたは

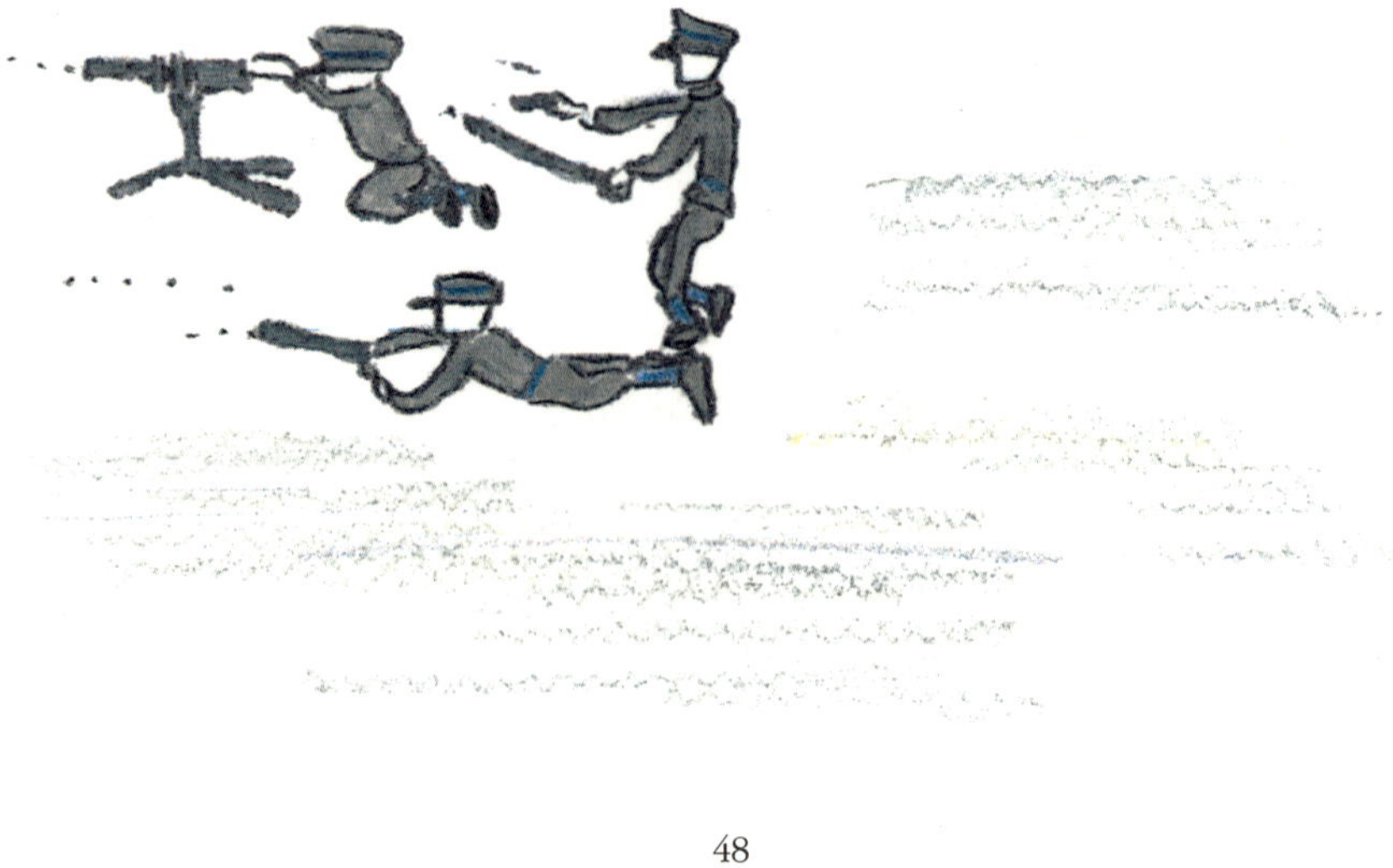

たたかった　だ
日は黒ずみ　くずれた

みな　きけ
みな　みよ
このとき
あなたは
ちった
明るく　あかくかがやき
ちった
ちって
きえた

白くしずかに　きよらかに

あなたは
かえってきた

くにが
くにが
手を合す
ぼくも
ぼくも
手を合す
おろがみまする
おろがみまする
はらからよ
はらからよ
よくぞ

防共の人垣
始皇帝は万里の長城を作った
今日本は防共の人垣を作りつゝあり
ヤシロ

防共《ぼうきょう》の人垣《ひとがき》
始皇帝《しこうてい》は万里《ばんり》の長城《ちょうじょう》を作った
今日本は防共の人垣を作りつつあり

ヂーラフムカ

カムフラージュ

たしかこの辺《へん》が
東京なんだが、
こりゃあ松林だ
おかしいな

よく生きてきたと思う

よく生きてきたと思う
よく生かしてくれたと思う
ボクのような人間を
よく生かしてくれたと思う

きびしい世の中で
あまえさしてくれない世の中で
よわむしのボクが
とにかく生きてきた

とほうもなくさびしくなり
とほうもなくかなしくなり
自分がいやになり
なにかにあまえたい

ボクという人間は

大きなケッカンをもっている
かくすことのできない
人間としてのケッカン

その大きな弱点《じゃくてん》をつかまえて
ボクをいじめるな
ボクだって　その弱点は
よく知ってるんだ

とほうもなくおろかな行《おこな》いをする
とほうもなくハレンチなこともする
このボクの神経《しんけい》が
そんな風《ふう》にする

みんながみんなで
めに見えない針《はり》で
いじめ合っている
世の中だ

おかしいことには
それぞれ自分をえらいと思っている
ボクが今まで会ったやつは
ことごとく自分の中にアグラかいている

そしておだやかな顔をして
人をいじめる
これが人間だ
でも　ボクは人間がきらいにはなれない

もっとみんな自分自身をいじめてはどうだ
よくかんがえてみろ
お前たちの生活
なんにも考えていないような生活だ

もっと自分を考えるんだ
もっと弱点を知るんだ

ボクはバケモノだと人が言う
人間としてなっていないと言う
ひどいことを言いやがる
でも　本当らしい

どうしよう
ひるねでもして
タバコをすって
たわいもなく
詩をかいていて

アホじゃキチガイじゃと言われ
一向《いっこう》くにもせず
詩をかいていようか
それでいいではないか

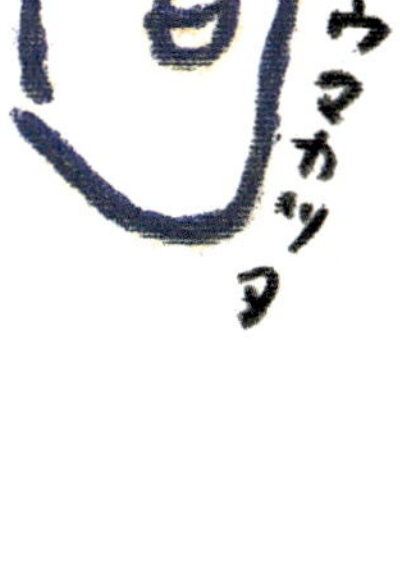

ぼくもいくさに征《ゆ》くのだけれど

街《まち》はいくさがたりであふれ
どこへいっても征くはなし　勝ったはなし
三ケ月もたてばぼくも征くのだけれど
だけど　こうしてぼんやりしている

ぼくがいくさに征ったなら
一体《いったい》ぼくはなにするだろう　てがらたてるかな

だれもかれもおとこならみんな征く
ぼくも征くのだけれど　征くのだけれど

＊ムッソリーニ　一八八三―一九四五
イタリアの政治家。独裁体制を樹立。

なんにもできず
蝶《ちょう》をとったり　子供とあそんだり
うっかりしていて戦死《せんし》するかしら

そんなまぬけなぼくなので
どうか人なみにいくさができますよう
成田山《なりたさん》に願《がん》かけた

＊ビスマルク　一八一五―九八
ドイツの政治家。第二次世界大戦ではビスマルク砲が使用された。

色のない旗《はた》

詩を作り、
人に示《しめ》し、
笑って、自《みずか》ら驕《たかぶ》る
――ああ、此《こ》れ以外《いがい》の
何を己《お》れは覚《おぼ》えたであろう?
この世で、これまで……
城《じょう》　左門《さもん》

できるだけ、知らない顔を試《こころ》みるのだけれど、気にしないわけにはゆかない。
だんだん近づいてきた。あと一月、二十九日、二……

入営《にゅうえい》のことば

十月一日、すきとおった空に、ぼくは、高々と、日の丸をかかげます。
ぼくの日の丸は日にかがやいて、ぱたぱた鳴りましょう。
十月一日、ぼくは〇〇聯隊《れんたい》に入営します。
ぼくの日の丸は、たぶんいくさ場に立つでしょう。
ぼくの日の丸は、どんな風にも雨にもまけませぬ。
ちぎれてとびちるまで、ぱたぱた鳴りましょう。
ぼくは、今までみなさんにいろいろめいわくを
おかけしました。
みなさんは、ぼくに対《たい》して、じつに親切でした。
ただ、ありがたく思っています。
ありがとうございました。
死ぬるまで、ひたぶる、たたかって、きます。

或《あ》る首吊《くびつ》り

日本が見えない

この空気
この音
オレは日本に帰ってきた
帰ってきた
オレの日本に帰ってきた
でも
オレには日本が見えない

空気がサクレツしていた
軍靴《ぐんか》がテントウしていた
その時

オレの目の前で大地がわれた
まっ黒なオレの眼漿《がんしょう》が空間《くうかん》に
とびちった
オレは光素（エーテル）を失って
テントウした

日本よ
オレの国よ
オレにはお前が見えない
一体《いったい》オレは本当に日本に帰ってきているのか
なんにもみえない
オレの日本はなくなった
オレの日本がみえない

骨《ほね》のうたう

戦死《せんし》やあわれ
兵隊《へいたい》の死ぬるや　あわれ
遠い他国《たこく》で　ひょんと死ぬるや
だまって　だれもいないところで
ひょんと死ぬるや
ふるさとの風や
こいびとの眼《め》や
ひょんと消ゆるや
国のため
大君《おおきみ》のため
死んでしまうや
その心や

白い箱にて　故国《ここく》をながめる
音もなく　なんにもなく
帰っては　きましたけれど
故国の人のよそよそしさや
自分の事務《じむ》や女のみだしなみが大切《たいせつ》で
骨《ほね》は骨　骨を愛《あい》する人もなし
骨は骨として　勲章《くんしょう》をもらい
高く崇《あが》められ　ほまれは高し
なれど　骨はききたかった
絶大《ぜつだい》な愛情《あいじょう》のひびきをききたかった
がらがらどんどんと事務と常識《じょうしき》が流れ
故国は発展《はってん》にいそがしかった
女は　化粧《けしょう》にいそがしかった

ああ　戦死やあわれ
兵隊の死ぬるや　あわれ
こらえきれないさびしさや
国のため
大君のため
死んでしまうや
その心や

一九四四・九・一一　野村一雄《のむらかずお》宛《あて》　筑波《つくば》

ハガキミタ。

風宮泰生ガ死ンダト。ソウカト思ッタ。胃袋《いぶくろ》ノアタリヲ、秋風《あきかぜ》ガナガレタ。気持ガ、カイダルクナッタ。参急《さんきゅう》ノ駅《えき》デ、風宮ヲ送ッタ。手ニ、日ノ丸ヲモッテイタ。ソレイライ、イチドモ、カレニタヨリヲセンダシ、モライモシナカッタ。ドコニイルカモ知ラナンダ。ソレガ死ンダ。トンデイッテ、ナグサメタイ。セメテ、タヨリデモ出シテ、ナグサメテヤリタイト。トコロガ、ソノカレハ、モウイナイ。消エテ、ナイノデアル。タヨリヲシテモ、返事《へんじ》ハナイノデアル。ヨンデモ、コタエナイ。ナイノデアル。満《まん》洲《しゅう》デ、秋ノ雲ノヨウニ、トケテシマッタ。青空ニスイコマレテシモウタ。

秋風ガキタ。

オマエ、カラダ大事《だいじ》ニシテクレ。

虫《むし》ガ、フルヨウダ。

頓首《とんしゅ》

八月も半《なか》ば過《す》ぎ、突然《とつぜん》、私達の学友《がくゆう》でもあり、「伊勢文学《いせぶんがく》」の同人《どうじん》でもある風宮泰生君の、満洲《まんしゅう》での戦病死《せんびょうし》の報《ほう》を、私は風宮君の親戚《しんせき》の方《かた》から受け取った。（…）彼《かれ》は、私達の仲間《なかま》の最初の犠牲者《ぎせいしゃ》であった。私は、たまりかねて、この悲報《ひほう》を、筑波《つくば》の竹内に知らせたら、彼から次の葉書《はがき》がきたのである。　野村一雄

彼《かれ》は大正《たいしょう》十年五月、伊勢市吹上町《いせしふきあげちょう》の大きな呉服商《ごふくしょう》の長男《ちょうなん》に生れ、幼《おさな》くして母には死別《しべつ》したが本当になんの不自由《ふじゆう》もなく、のびのびと育った。明倫《めいりん》小学校を経《へ》て、宇治山田《うじやまだ》中学校へと、特大《とくだい》の頭に型通《かたどお》りの帽子《ぼうし》をかぶり、だらしなく巻《まき》ゲートルをつけて通学を始めた。

学校の勉強は全《まった》くしないが成績《せいせき》は三分の一以内《いない》、手がつけられぬほど陽気でお人好《ひとよ》しで、厳粛《げんしゅく》さになじめず、教練《きょうれん》の時に「気をつけ」がかかっても突《とっ》拍子《びょうし》に笑いだし、ひどい吃《ども》りで、運動会《うんどうかい》はいつもビリばかりだった。そして、幾何《きか》は天才と云《い》われ、岩波文庫《いわなみぶんこ》や新青年《しんせいねん》の愛読者《あいどくしゃ》であり、文芸雑誌《ぶんげいざっし》の編集者《へんしゅうしゃ》で、漫画《まんが》の上手《じょうず》な中学生であった。

しかし、また父の死が俟《ま》っていて、姉と二人きりになってしまう。商売人《しょうばいにん》にはむくまいと、彼に家業《かぎょう》を継《つ》ぐことを免《めん》じ、その当時に於《お》ける莫大《ばくだい》な資産《しさん》を残《のこ》してくれたのは、他界《たかい》した父の愛情《あいじょう》であり、姉は母のそれに似《に》た愛情で、あたたかく彼を包《つつ》んでくれた。

中学校を終えるや上京《じょうきょう》して、今の日大芸術学部映画科《にちだいげいじゅつがくぶえいがか》に入学し、彼の作品の大部分《だいぶぶん》を、それから凡《およ》そ六年位の間に、矢《や》つぎばやに戦時《せんじ》の夜空に開花する花火のように打上《うちあ》げ、消《き》えたのである。――若くして逝《い》ったラディゲのように。

中井利亮《としすけ》

未来人《みらいじん》なるが故《ゆえ》に、彼《かれ》は最も兵隊《へいたい》に似《に》つかわしくない人間であった。故に彼は軍隊《ぐんたい》において迫害《はくがい》を受けつづけなければならなかった。そういえば彼の頭部は標準《ひょうじゅん》よりかなり大きめであった。脳《のう》が発達《はったつ》していた証左《しょうさ》である。数学が得《とく》意《い》で特に幾何《きか》は天才的であったが、何よりも発想《はっそう》・表現《ひょうげん》・価値判断《かちはんだん》の尺度《しゃくど》が現代人離《げんだいじんばな》れしていた。

小林茂三《しげぞう》

筑波《つくば》の兵営《へいえい》ではハガキも乏《とぼ》しかったのですが、その一枚一枚の中に小説《しょうせつ》を書こうと企《くわだ》てたんですね。でも、そうした制限《せいげん》の中で書いた方が、文章は光ってきますね。

山室龍人《やまむろたつと》

ウワハハハハと笑い出したら最後、もうしばらくは笑いが止まらぬという男が、宇治山田《うじやまだ》（いまの伊勢市《いせし》）の中学の二年一組にいた。竹内浩三である。授業中《じゅぎょうちゅう》でも、何でもないようなことに笑い出し、その笑い声を聞いていると、なるほどおかしいと思われてきて、ついには教室中《きょうしつじゅう》が笑い出し、先生も釣《つ》られてニヤニヤ笑ってしまったあとで、

「竹内、お前は笑いすぎるぞ」と、たしなめるような始末《しまつ》。

マンガの乏《とぼ》しかった当時《とうじ》としては珍《めず》らしく、マンガを書くのが好《す》きな愉快《ゆかい》な存在《そんざい》で、同じ組になってすぐ、私は彼と仲良《なかよ》くなってしまった。

忘れ物の多いことでは竹内がクラスで断然《だんぜん》トップ、私が二位だった、というような共通点《きょうつうてん》もあったからだろう。彼の家にしばしば立寄《たちよ》り、トルストイ全集《ぜんしゅう》を借《か》りては感想《かんそう》を話しあったりしたものだ。

阪本楠彦《さかもとくすひこ》

一九四一・二・三　高円寺《こうえんじ》

姉上様《あねうえさま》。

ボクは今こみ上げるくらいたのしいです。今「助六氏《すけろくし》のなやみ」というキャクホンしなりおを八枚ばかりかいたところです。読んで見て、うまくできてたのでとてもたのしいのです。たのしいので筆《ふで》をとりました。このシナリオは同人雑誌《どうじんざっし》にのせるつもりです。この道へ進んだことはいいことだと思います。この「仕事《しごと》をした楽しさ」は他では味わえないと思うのです。成功《せいこう》するしないのはともかく、この楽しさだけでも充分《じゅうぶん》生きている価値《かち》があると思います。

いい友だちもたくさんいます。ボクは女にはあまり好《す》かれも尊敬《そんけい》もされないらしいが、男には好かれ尊敬されるようです。やの字が言いました。

「お前さんのよさは女の頭ではわからん」

頭をボーズにしました。いつもカスリのキモノに、つんつるてんのハカマをはいています。学校でもユニークな存在《そんざい》になりました。てらっているわけでもキザなわけでもないつもりです。ただ自然にふるまっています。

＊一九四〇年日本大学映画科に入学

一九七六・七・二九

浩三《こうぞう》さん、姉さんとうとう来ました。あなたの最後の地であるというこの比島《フィリピン》バギオへ——。三十年間この胸《むね》の奥《おく》に持ちつづけた思いを抱《いだ》き、今、バギオの風の中に佇《た》っています。淋《さび》しがり屋のコウゾーが淋しくないように、姉さん、大林さん、中井さん、野村さんの写真《しゃしん》を、あなたの眠《ねむ》るこのバギオの土に埋《う》めます。さあ、今日から賑《にぎや》かになりますよ。ほんとうにご苦労様《くろうさま》でした。こころ静かに眠って下さい。

姉　こう

『竹内浩三楽書《らくが》き詩集　まんがのよろづや』を編んで

「戦争は悪の豪華版である」と竹内浩三は書いた。大人が頭で考えた戦争で、生命を失うのは若者という不条理。人を殺すくらいなら自分が死んだ方がマシと悩んだ日々も多々あったであろう。自殺のマンガはその心理状態の表れのように思える。すでに敗戦の色濃い時期に始まった学徒出陣。日本中のほとんどの学生が彼と同じ思いをしていたに違いない。

私は戦後生れ。竹内より二歳年上の私の父は当時外務省勤務で海軍に召集され、戦地に送られる寸前に敗戦を迎えた。父の兄は陸で、母の従兄は海で散った。

藤原書店の藤原良雄氏から竹内浩三の詩集の挿し絵を依頼されたことは大変嬉しかったが、竹内の手作りの回覧雑誌のマンガを見て、何とか生かしたいと思った。

詩を編み、マンガの整理をして色付けをし始めると、十五歳の描線は細かく速い。ついてゆくのにかなりの集中力を要した。しかし、出来上がってみると、そこには、暗い時代に一瞬でも周囲を笑わせ、自身も明るく生きようとした少年竹内浩三の楽書きの世界と、熱き涙を溢れさせる、生命の光のような詩人竹内浩三の詩の世界が同時に現れた。

マンガは書き損じをものともせず、同一人物の描写も均一ではない。彼の字は友人に「竹内君よ、字をもっと明瞭に書いてくれ、なかなか読みにくい」と書かれているように、なかなか不明瞭。活字が多くなった次第だが、できる限り彼の個性的な字は生かし、活字は現代かなづかいに直した。

もしも彼が、十八歳で目標とした宇治山田中学の先輩小津安二郎のように、映画監督になっていたら、十五歳でマンガ家を夢見たその才能は、映画の絵コンテ作りに発揮されたことと思う。何と多くの人材を戦争は奪ってしまうのだろう。彼は敗戦のわずか数ヶ月前、斬り込み隊員として比島《フィリピン》のバギオで散ったという。特攻隊員のように戻ってくることが不可能な任務であった。

戦後、彼を愛する姉と親友たちの手で、彼は詩人竹内浩三として甦った。

当時の厳しい検閲の下、マンガ誌に書いた文言のせいで柔道教師の家に一年間も身柄預りとなってしまった竹内少年。

あなたのマンガに勝手に色をつけたことを愉快に思ってくれるでしょうか。ウワッハッハッという笑い声が天国にこだまするように祈っています。合掌。

作品を編むに当っては、小林察編『竹内浩三全作品集　日本が見えない』（藤原書店）に依拠した。竹内の同郷の後輩で竹内浩三を長年研究してこられた小林先生の御尽力に心から敬意を表します。

よしだみどり

二〇〇五年六月

著者紹介

竹内浩三（たけうち・こうぞう）

1921年、三重県宇治山田市に生れる。34年、宇治山田中学校に入学。「まんがのよろづや」等と題した手作りの回覧雑誌を作る。40年、日本大学専門部映画科へ入学。42年、中井利亮、野村一雄、土屋陽一と『伊勢文学』を創刊。同年10月に三重県久居町の中部第三十八部隊に入営、43年に茨城県西筑波飛行場へ転属される。44年1月1日から、「筑波日記一」の執筆を開始。7月27日に「筑波日記二」中断、12月、斬り込み隊員として比島へ向かう。45年4月9日、「比島バギオ北方一〇五二高地にて戦死」（三重県庁の公報による）。

編者紹介

よしだみどり

1946年生。作家・画家。著書に『物語る人――「宝島」の作者R・L・スティーヴンスンの生涯』（毎日新聞社、1999）『烈々たる日本人――日本より先に書かれた謎の吉田松陰伝　イギリスの文豪スティーヴンスンがなぜ』（祥伝社、2000）『白い孔雀――ハワイ王朝最後の希望の星プリンセス・カイウラニ物語』（文芸社、2002）他。訳書に金子みすゞ『睫毛の虹』（JULA出版局、1995）スティーヴンスン『子どもの詩の園』（白石書店、2000）。画に『金子みすゞ花の詩集』1・2・3（JULA出版局、2004）、サンド『ちいさな愛の物語』（藤原書店、2005年）他。

竹内浩三楽書《たけうちこうぞうらくが》き詩集《ししゅう》　まんがのよろづや

2005年7月30日　初版第1刷発行©

著　者　竹　内　浩　三
編　者　よしだみどり
発行者　藤　原　良　雄
発行所　株式会社　藤　原　書　店

〒162-0041　東京都新宿区早稲田鶴巻町523

TEL　03（5272）0301
FAX　03（5272）0450
振替　00160-4-17013

印刷・製本　図書印刷

落丁本・乱丁本はお取り替えします
定価はカバーに表示してあります

Printed in Japan
ISBN4-89434-465-3